हिन्द पॉकेट बुक

महान दानवीर सूर्यपुत्र कर्ण

ये महाभारत की कहानियां हैं, जिन्हें छोटों एवं किशोरों के लिए सजाया-संवारा गया है, ताकि इन्हें पढ़कर उनमें अच्छाई-बुराई को जानने, सच्चे रास्ते पर चलने और बहादुर बनने की प्रेरणा जाग सके।

ये कहानियां बहुत सरल भाषा में और रोचक ढंग से लिखी गई हैं। इसलिए इन्हें याद करने में भी बड़ी आसानी होगी। सभी कहानियों में रेखाचित्र और आख़ीर में एक प्रश्नावली दी गई है, ताकि पढ़ने के बाद लगे हाथ आपकी परीक्षा हो सके।

कर्ण सूर्यदेव के वरदान स्वरूप प्राप्त कुन्ती के पुत्र थे। उनका लालन-पालन अधिरथ व राधा ने किया था। बड़े होकर कर्ण महादानी बने। इसीलिए उन्हें दानवीर भी कहा जाता है। कर्ण शूरवीर, तेजस्वी व पराक्रमी योद्धा थे। उन्होंने महाभारत के युद्ध में प्रमुख भूमिका निभाई। इस पुस्तक में कर्ण की भीष्म और कृष्ण से रणभूमि में भेंट की रोचक कहानियां भी हैं।

सुरुचिपूर्ण एवं प्रेरणादायक महाभारत की सचित्र कहानियाँ

महान दानवीर सूर्यपुत्र कर्ण

रामकुमार भ्रमर

हिन्द पॉकेट बुक्स
पेंगुइन रैंडम हाउस इम्प्रिंट

हिन्द पॉकेट बुक्स

यूएसए | कनाडा | यूके | आयरलैंड | ऑस्ट्रेलिया | सिंगापुर
न्यू ज़ीलैंड | भारत | दक्षिण अफ्रीका | चीन

हिन्द पॉकेट बुक्स, पेंगुइन रैंडम हाउस ग्रुप ऑफ़ कम्पनीज़ का हिस्सा है,
जिसका पता global.penguinrandomhouse.com पर मिलेगा

पेंगुइन रैंडम हाउस इंडिया प्रा. लि.,
चौथी मंजिल, कैपिटल टावर -1, एम जी रोड,
गुड़गांव-122002, हरियाणा, भारत

पेंगुइन
रैंडम हाउस
इंडिया

प्रथम हिन्दी संस्करण हिन्द पॉकेट बुक्स द्वारा 2012 में प्रकाशित
यह हिन्दी संस्करण हिन्द पॉकेट बुक्स में पेंगुइन रैंडम हाउस द्वारा 2022 में प्रकाशित

10 9 8 7 6 5 4 3 2

ISBN 9789353492069

मुद्रकः रेप्रो इंडिया लिमिटेड

www.penguin.co.in

MIX
Paper from responsible sources
FSC® C047271
FSC www.fsc.org

This is a legitimate digitally printed version of the book and therefore might not
have certain extra finishing on the cover.

सूर्यपुत्र कर्ण

नदी किनारे खेलते हुए एक मछुआरे बालक ने नदी की लहरों के साथ बहती चमकती चीज देखी तो लपककर तट पर जा पहुंचा। देखा तो वह चीज और चमकने लगी। वह उसे पकड़ने के लिए नदी में कूद पड़ा और पास जाने पर देखा कि वह हीरे-जवाहरात से जड़ी पेटी थी।

मछुआरे बालक मारुति ने पूरा प्रयास किया, किन्तु वह उसे किनारे पर न ला सका। आखिर उसने इसे बीच धार से किनारे की ओर करके एक झाड़ी से इस प्रकार अटकायी कि उसका बहाव कम हो गया। वह नदी से बाहर आया और गांव में खबर की।

पेटी धीमे-धीमे लहर के साथ आगे बह रही थी।

तट के एक हिस्से में अगर हर दिन मछुआरों के बच्चे खेलने आते थे, तो दूसरे हिस्से में मछुआरों की औरतें नहाने आया करती

नहाने के बाद राधा और उसकी सखियां एक पेटी को देखती हैं

थीं। इस समय वे नहा-धोकर कपड़े बदल ही रही थीं कि उनमें से एक चिल्लायी, "अरे, देखो, तो वह क्या है?"

सबने उस ओर देखा, फिर एक-दूसरे को भौंचक्की होकर देखने लगीं। पेटी उनके बहुत पास जा पहुंची थी।

एक जल्दी से नदी में उतरी और उसने पेटी को पकड़ लिया, फिर जोर लगाकर चिल्लायी, "मदद करो,

राधा! यह तो बहुत भारी है, सरकती ही नहीं।"

दूसरी स्त्री तुरन्त पानी में उतर गयी। दोनों मिलकर पेटी को तट के किनारे और फिर ऊपर तक खींच लायीं।

"आखिर देखें तो इसमें है क्या?" राधा नाम की स्त्री ने इधर-उधर देखा, फिर एक बड़ा पत्थर उठाकर पेटी पर लगा ताला तोड़ने लगी।

"धीरे!" एक ने सुझाया, "पता नहीं पेटी में कोई कोमल चीज रखी हो और पत्थर की चोट से टूट जाए?"

"हां, तुम ठीक कहती हो, बहिन!" इस तरह राधा पत्थर चलाने लगी कि पेटी का ताला भर टूटे, पेटी को चोट न पहुंचे।

पर ताला बहुत मजबूत था। कई चोटें पड़ चुकी थीं, वह टूट ही नहीं रहा था।

बड़बड़ाते, शोर मचाते हुए सारे मछेरे स्त्री-पुरुषों की भीड़ नदी तट की तरफ लपकी आ रही थी। उन सबके आगे-आगे एक

लम्बा-तगड़ा, पर रोबदार मछेरा था। वह मारुति की कलाई थामे हुए बड़बड़ाता जा रहा था, "याद रख, अगर तेरा कहा झूठ निकला तो तेरी खैर नहीं। छड़ी से इतना पीटूंगा कि काला रंग सफेद हो जाएगा।"

तभी एक चिल्लाया, "मुखिया...उन स्त्रियों के बीच कुछ रखा है।"

अधिरथ ने मारुति की कलाई छोड़ दी। सब चुपचाप खड़े रह गए। अधिरथ ने एक बच्चे से कहा, "देख तो! अपनी राधा काकी से पूछकर आ। क्या हम लोग इधर आ सकते हैं?"

बच्चा उस ओर दौड़ पड़ा।

स्त्रियां अब भी पेटी के गिर्द भौंचक्की-सी बैठी थीं। राधा हौले-हौले ताला तोड़ रही थी। बच्चा पहुंचा, तो राधा ने कहा, "भेज दे सबको।"

राधा हांफ गयी थी; पर ताला नहीं टूटा था। उसने अब उसे तोड़ने की कोशिश बन्द कर दी। वह सबके आने की प्रतीक्षा करने लगी। कुछ पलों में ही वे सब जा पहुंचे।

अधिरथ ने हौले-हौले ताला खोलने के लिए फिर पेटी पर पत्थर से चोटें करनी शुरू कीं। अचानक उसके हाथ थम गए। सबके मुंह विस्मय से खुले रह गए।

सब एक साथ चिल्लाये, "अरे, इसमें कोई बच्चा है।"

तब तक अधिरथ ने पेटी का ताला खोल दिया।

"अरे!" आश्चर्य से अधिरथ का मुंह खुला रह गया। बच्चा... और बच्चा भी कैसा! बाल सुनहरे, आंखें नीली, बदन चमचमाता हुआ और बिल्कुल देवताओं की छवि।

सब हक्के-बक्के थे। उससे भी कहीं ज्यादा चिंतित अधिरथ ने कहा, "यह बच्चा किसी बहुत बड़े कुल का होना चाहिए।"

"पर अब यह मेरा बच्चा है।" राधा बोली।

कोई कुछ कह सके, इसके पहले ही राधा ने झुककर बच्चे को पेटी से उठा लिया। वह उसे चूमने लगी। ममता से उसकी आंखों में आंसू भर आये। वह एक दुःखी औरत थी। उसके कोई बच्चा न था। सबने यही निश्चय किया कि उतने छोटे-से बच्चे के लालन-पालन के लिए जिस ममता की जरूरत होगी, वह राधा ही दे सकती है।

अधिरथ ने पेटी में रखा सामान देखा, उसमें चमचमाते हुए कवच और कुंडल रखे थे। उसे अनुमान करते देर नहीं लगी कि निश्चय ही वे बच्चे की माता या पिता ने बच्चे के साथ रख दिये होंगे। ये कवच-कुंडल अधिरथ ने पेटी से बाहर निकाले।

सब ख़ुशी-ख़ुशी गंगा नदी के किनारे से बस्ती की ओर लौट पड़े। राधा गोद में अब बच्चे को चिपटाए जा रही थी। पर कोई नहीं जानता था कि यह सब कुछ और लोग भी देख रहे हैं। वे थे दो सैनिक, जो अब भी पेड़ की ओट से इस सारे दृश्य पर आंखें गड़ाए हुए थे।

2

सैनिकों ने थोड़ी देर बाद बातें शुरू कीं।, “अब?”

“अब क्या?” दूसरे सिपाही ने कहा, “लौट चलते हैं, राजकुमारी जी हमारी ओर से ख़बर पाने के लिए व्याकुल होंगी!”

“पर पक्का पता कर लेना ठीक रहेगा।”

बच्चे को लेकर जब ग्रामीण गांव में पहुंच गए और राधा ने बच्चे को पूरी तरह सम्भाल लिया तब दोनों सैनिक गांव में पहुंचे बहाना बनाकर। उन्हें आसानी से पता लग गया कि बच्चा राधा के पास ही है। एक गांव वाले ने बतलाया, “हमारे मुखिया की पत्नी का तो भाग ही खुल गया।”

“उसके कोई संतान नहीं थी। आज एक पेटी गंगा माता की

लहरों पर बहती चली आई और उसमें एक सुन्दर बच्चा निकला।" गांव वाले ने खुश होते हुए कहा, "बहुत सुन्दर बच्चा है। भगवान् की लीला तो देखो, उस बच्चे के गोद में आते ही एक चमत्कार हो गया।"

"कैसा चमत्कार?" सैनिक ने हैरत से सवाल किया।

"बच्चा भूखा और दुध के लिये मचल रहा था। सब सोच रहे थे कि उसके लिए दूध कहां से लायें...?" गांव वाले ने कहां, अब आप तो जानते ही हैं, उतना छोटा बच्चा सिर्फ मां का ही दूध पी सकता है।"

"फिर कहां से आया मां का दूध?" सैनिक ने और ज्यादा परेशान होकर सवाल किया।

"वही तो बता रहा हूं।" गांव वाले ने कहा, "अचानक राधा ने बच्चे का मन बहलाने के लिए उसे आंचल में छिपा लिया और राधा स्वयं चकित! राधा के दूध उतर आया और बच्चा हुमक-हुमककर पीने लगा।"

सैनिक कुछ नहीं बोले। थोड़ी देर इधर-उधर की बातें करके चल पड़े। अब उन्हें कुन्तिभोज देश पहुंचकर राजकुमारी कुन्ती को खबर देनी थी।

3

दिन-रात जंगलों, पहाड़ों की यात्रा करते हुए दोनों सैनिक कुन्तिभोज पहुंचे। जिस समय उन्होंने नगर में प्रवेश किया, उस समय शाम हो चुकी थी। वह सीधे राजकुमारी के महल में पहुंचे और दासी से खबर भिजवाई, "राजकुमारी जी से कहो, सत्यक् और सम्यक् नाम के सैनिक उनसे भेंट करना चाहते हैं।"

कुछ पल बाद लौटकर दासी ने कहा, "चलो वे तुम्हारी प्रतीक्षा कर रही हैं।"

दोनों जल्दी-जल्दी भीतर जा पहुंचे। उन्हें देखते ही सुन्दर राजकुमारी तुरन्त उठ खड़ी हुईं। उन्होंने दासी को जाने का इशारा किया, फिर धीमी आवाज में पूछा, कहां है बालक?"

राजकुमारी जी चिन्ता न करें। बालक ठीक है और सही हाथों में पहुंच गया है।"

दो सैनिक राजकुमारी के कक्ष में पहुंचे

"पर कहां? किसके पास?" राजकुमारी का गला भर आया था। लगता था कि वह रोने ही वाली हैं। बच्चे की मां जो थीं।

"चम्पानगरी के किनारे एक छोटे-से ग्राम में वह पेटी राधा नाम की एक स्त्री के हाथ लगी है राजकुमारी!"

राजकुमारी कुछ और पूछे, तभी दूसरे सैनिक गुप्तचर सम्यक् ने कहा, "आप जरा भी चिन्ता न करें, राजकुमारी! राधा बहुत अच्छी स्त्री है। उसकी कोई सन्तान नहीं है। आपके बालक को उसने अपनी संतान की तरह पालना प्रारम्भ कर दिया है।" फिर उसने वह आश्चर्यजनक दूध वाली घटना सुना दी, जो उसे गांव में सुनने को मिली थी।

सुनकर राजकुमारी की आंसुओं से भीगी आंखें भी खुशी से नहा गयीं।

राजकुमारी चुपचाप सुनती रहीं। उन्हें लग रहा था कि इस पल भी वह सुन्दर बच्चा उनकी आंखों के सामने है। अपने नन्हे-नन्हे हाथ-पांव चलाता हुआ किलकारियां भर रहा है।

"तुम्हें अब चम्पानगरी क्षेत्र में ही रहकर उस बालक की सारी सूचनाएं देनी होंगी!" राजकुमार ने आदेश दिया। "मैं हर पल उसके बारे में हर समाचार जानना चाहती हूं किन्तु यह रहस्य सदा रहस्य ही रहेगा।"

"हम लोग जानते हैं राजकुमारी!" सैनिकों ने कहा और चले गए। राजकुमारी उस बच्चे को लेकर सोचने लगी।

4

कौन थी वह राजकुमारी?...और कौन था वह छोटा-सा सोने की देह जैसा बालक?...और क्यों पेटी में उसे बहाया गया? यह सब जानने से पहले आवश्यक होगा राजकुमारी की कहानी जानना।

यह कहानी शुरू होती है यादवों के राज्य से। मथुरा उन दिनों एक जनपद था। वहां यादववंशी लोग राज करते थे। उन्हीं में से एक थे शूरसेन।

अब से लगभग पांच हज़ार साल पहले की बात है।

राजा शूरसेन के पास एक बार उनकी बुआ के लड़के कुन्तिभोज आए। कुन्तिभोज भी राजा थे। अपने रिश्ते के भाई से मिलकर शूरसेन बहुत खुश हुए। उन्होंने कुन्तिभोज की खूब खातिर की पर शूरसेन को लगा कि कुन्तिभोज का मन किसी भी खातिरदारी में नहीं लग रहा है।

शूरसेन से नहीं रहा गया। उन्होंने पूछ ही लिया, "क्यों भइया! क्या बात है? देखता हूं कि तुम बहुत दुःखी हो?"

कुन्तिभोज बोले, "ठीक है, तुम सुनना ही चाहते हो, तो सुनो। मेरा विवाह हुए कई बरस बीत गए हैं, पर मेरे कोई सन्तान नहीं है। मैं सोचता था कि लड़का नहीं, लड़की ही होती, निपुत्र तो नहीं मरूंगा।"

शूरसेन ने देखा कि बात करते-करते कुन्तिभोज की आंखों में आंसू छलक आए थे। भाई का दुःख उनसे देखा नहीं गया।

उन्होंने कुन्तिभोज की पीठ थपथपाते हुए कहा, "चिन्ता मत करो कुन्तिभोज! तुम्हारा यह दुःख मैं दूर करूंगा! मैं प्रतिज्ञा करता हूं कि मेरे जो पहली सन्तान होगी, भले ही वह लड़का हो या लड़की, मैं तुम्हें दे दूंगा!"

"क्या???" आश्चर्य और अविश्वास से अपने भाई को देखते ही रह गए कुन्तिभोज। पहली बार उन्हें मालूम हुआ कि उनके भाई शूरसेन उनसे इतना प्रेम करते हैं।

इस तरह शूरसेन के राज्य से जब महाराज कुन्तिभोज अपने राज्य को चले, तब वह बहुत खुश थे। उन्हें लग रहा था कि भाई के रूप में साक्षात् भगवान् के ही दर्शन उन्होंने किए हैं।

समय बीता। शूरसेन की पहली सन्तान ने जन्म लिया। लड़की थी वह। यादवों ने खुशियां मनायीं। पर शूरसेन को अपना वचन याद था। उन्होंने महाराज कुन्तिभोज की ओर हरकारा भेज दिया, "जाकर महाराज से कहना कि शूरसेन ने अपना वचन निबाहाने के लिए उन्हें बुलाया है।"

"ख़बर मिलते ही कुन्तिभोज खुशी से भरे-भरे यादव राज की ओर चल पड़े। वह उत्साह और आनन्द से भरे हुए थे।

सबने समझा की कुन्तिभोज भाई के सन्तानोत्सव पर शरीक होने आए हैं। खूब जय-जयकार की, फिर पूरे नगर को भोजन कराया गया। महाराज शूरसेन और कुन्तिभोज साथ-साथ भोजन करने बैठे।

सभी प्रजाजनों के सामने शूरसेन ने कहा, "हे प्रजाजनो! सुनो। यह गौरव की बात है कि यादववंश में राजकुमारी जन्मी है, पर उससे भी ज्यादा गौरव की बात यह है कि यादव राजकुमारी पृथा आज के बाद महाराज कुन्तिभोज की बेटी कहलायेगी। उसका लालन-पालन कुन्तिभोज के राज में होगा।"

सब हक्के-बक्के हो गए। राजा शूरसेन कुन्तिभोज को अपनी बेटी दे देंगे? किसी को कानों पर भरोसा नहीं हो रहा था।

कुन्तिभोज की आंखों से आंसू निकलने लगे थे। सचमुच भाई के प्रेम ने उन्हें सदा-सदा के लिए जकड़ लिया था। शूरसेन ने सुन्दर कपड़ों में सजी मुलायम-सी राजकुमार पृथा को गोद में उठाकर कुन्तिभोज को थमा दिया और भर्राये गले से कहा था, "भइया!... पृथा अब से तुम्हारी बेटी हुई। मैंने अपना वचन पूरा किया।"

"धन्य हो भइया! धन्य हो! तुम्हारी प्रशंसा करने के योग्य मेरे पास शब्द ही नहीं हैं।" कुन्तिभोज कह उठे थे।

5

कुन्तिभोज बड़े प्यार से भरे हुए मासूम बच्ची को लेकर अपने राज में आए। उनका राज भी बहुत बड़ा था। कुन्तिभोज ने नन्ही पृथा को अपनी सन्तान से भी अधिक दुलार से पालना प्रारम्भ किया। समय बीता और पृथा यानी कुन्ति बड़ी होने लगी।

कुन्ती सुन्दर भी बहुत थी। जल्दी ही वह एक आकर्षक युवती दिखने लगी। जो उसे देखता, ठगा-सा देखता ही रह जाता। कुन्तिभोज ने उसकी शिक्षा-दीक्षा का भी अच्छा प्रबन्ध करवाया। स्वभाव से कुन्ती जितनी भोली थी, उतनी ही भली भी थी।

एक दिन सुबह-सवेरे, जब कुन्ती ने स्नान किया ही था, महाराज कुन्तिभोज उससे भेंट के लिए उसके कक्ष में जा पहुंचे! एक दासी ने आकर कुन्ती को खबर दी, "राजकुमारी की जय हो!...महाराज भेट करना चाहते हैं।"

महाराज कुन्तिभोज सुबह-सवेरे कुन्ती के कक्ष में जा पहुंचे

"उन्हें आदर सहित भीतर लाओ।" कुन्ती ने कहा, फिर पिता की प्रतिक्षा करने लगी।

महाराज कुन्तिभोज ने अंदर प्रवेश किया। कुन्ती उनके सामने थी। उसने पिता को प्रणाम करके पूछा, "आज्ञा, पिता जी। आपने किस लिए कष्ट किया? मुझे बुला लेते।"

"नहीं बेटी, बहुत आवश्यक कार्य आ पड़ा था, इसलिए मैंने स्वयं आना ठीक समझा।" महाराज कुन्तिभोज की आवाज में चिन्ता थी। "कुन्ती, अपने राज्य में एक ऋषि आए हैं जो स्वभाव से बहुत क्रोधी हैं। यदि वह प्रसन्न हों, तो सब कुछ देने की शक्ति है उनमें और अगर किसी कारण अप्रसन्न हो जायें, तो फिर किसी की खैर नहीं। मैं यही सोचकर बड़े धर्म संकट में पड़ा हूं।

"आज सुबह-सवेरे नगर-सीमा में उन्होंने प्रवेश किया और कहा कि वह कुछ समय तक हमारे राज्य में ही रहना चाहते हैं।"

"पर ऋषिसेवा से तो पुण्य मिलता है पिता जी!" कुन्ती बोली, "हम सब उनकी सेवा करने में कोई कसर नहीं छोड़ेंगे।"

"यही तो कठिनाई है कुन्ती बिटिया!" कुन्तिभोज ने कहा, "महर्षि दुर्वासा का स्वभाव बड़ा विचित्र है! वह कभी भी किसी भी चीज की मांग कर सकते हैं और अगर वह चीज उन्हें तुरन्त न मिले तो गुस्से में लाल-पीले हो उठते हैं। बहुतों को उन्होंने श्राप दे दिया है!...उनके श्राप से मैं ही क्या भगवान् तक डरते हैं!"

कुन्ती ने मन ही मन निश्चय किया कि ऐसे महर्षि की वह स्वयं सेवा करेंगी। बोली, "आप घबराइए मत पिता जी! मुझसे जो बन पड़ेगा, मैं करूंगी।"

थोड़ी देर बाद जब कुन्ती को लगा कि महाराज कुछ निश्चित नहीं कर पा रहे हैं, तो कुन्ती ने दृढ़ स्वर में कहा, "आप समझ लीजिए कि आपकी समस्या हल हो गई। मैं स्वयं महर्षि की सेवा करूंगी और आपको विश्वास दिलाती हूं कि उन्हें किसी तरह की असुविधा नहीं होने दूंगी। मैं मौका ही नहीं दूंगी कि वह गुस्सा हो सकें।"

कुन्तिभोज ने बेटी को गले लगा लिया।

कुन्तिभोज उठ पड़े। जाते हुए कह गए, "मैं उनके निवास की सारी व्यवस्था करवाता हूं।"

महर्षि दुर्वासा के निवास की शानदार व्यवस्था की गई, जहां पर ऋषि तपस्वी ठकरे। सोने-चांदी के बर्तनों, हीरे-जवाहरात से सजे पलंगों और कालीनों को छोड़कर उन्होंने महल के एक भाग में बाग में बनी झोंपड़ी में अपनी मृगछाला बिछाई, कमंडल एक ओर रखा, फिर पालथी मारकर बैठ गए।

जब महर्षि दुर्वासा आसन बिछाकर जम गए, तब कुन्ती अपने मुलायम पैरों से धीमे-धीमे चलती हुई वहां पहुंची। उनके हाथों में फूलों से भरी थाली थी। होंठों पर मुस्कान और आंखों में अपार श्रद्धा। वह ऋषि के कक्ष में प्रवेश करने से पहले पैर धोकर घुसी। फिर धीमे-धीमे चलती हुई, उनके पास पहुंची। उनके चरणों में फूल

रखे और माथा धरती पर टिकाकर उन्हें प्रणाम किया। ऋषि अपनी सफेद दाढ़ी में से उन्हें देखते रहे। गुस्सैल स्वभाव के कारण उनकी आंखें सदा ही लाल रहा करतीं थीं, पर कुन्ती की विनम्रता और सादगी देखकर वह बहुत प्रभावित हुए।

मधुर स्वर में उन्होंने पूछा, "तुम कौन हो कन्या?"

"महाराज!" कुन्ती ने हाथ जोड़कर कहा, "मैं राजा कुन्तिभोज की पाली हुई बेटी और यादव शूरसेन की पुत्री हूं। मेरा नाम कुन्ती है भगवन्! मेरी इच्छा है कि आपकी सेवा मैं करूं। कृपा कर मुझे इसकी स्वीकृति दें।"

ऋषि एक पल चुपचाप देखते रहे, फिर कहा, "हम तुम्हें स्वीकृति देते हैं, पर हम अप्रसन्न हों, ऐसा कोई काम मत करना।"

जी-जान से यही प्रयत्न करूंगी ऋषिदेव।" कुन्ती ने और विनम्र होकर उत्तर दिया।

ऋषि ने पलकें मूंद लीं। कुन्ती एक ओर जा खड़ी हुई।

6

लगभग एक घण्टे बाद अचानक दुर्वासा की पलकें खुलीं और बिना कुन्ती की ओर देखे बड़बड़ाए, "भोजन...करना चाहते हैं हम।"

कुन्ती तुरन्त द्वार की ओर लपकीं। भोजन की पहले ही व्यवस्था कर गई थी। दास-दासियां हर चीज लिए हुए तैयार थे। तुरन्त कक्ष में एक आसन रखा गया। दूसरी दासी उसे गंगाजल से साफ कर गई। तीसरी ने आकर सुन्दर सोने का थाल सजाया। चौथी उसमें व्यंजन परोसने लगी। सब काम कुछ ही पलों के भीतर हो गए, फिर कुन्ती ने हाथ जोड़कर ऋषि से प्रार्थना की, "चलिए, महाराज!...भोजन कीजिए।"

दुर्वासा चकित होकर देखने लगे। इतनी जल्दी सब इन्तजाम हो गया। अच्छा लगा उन्हें, पर बोले नही। उठकर भोजन के स्थान की ओर चले। अचानक वह बौखला गए।, "अरे सोने के थाल में भोजन किसने परोसा है? हम तो पत्तल में खाते हैं!"

कुन्ती ने ऋषि दुर्वासा के लिए सोने की थाल में भोजन परोसा

"क्षमा करें देव!" कुन्ती ने कहा, "पत्तल भी तैयार है", फिर वह द्वार की ओर मुड़ीं–"दासी, ऋषिदेव के लिए पत्तल लगाओ।"

और पल-भर में दासी पत्तल लगा गई।

अरे, वाह री कुन्ती! वह समझ गए कि इस बार ऐसी सेविका से पाला पड़ा है जो उन्हें बोलने ही नहीं देगी।

ऋषि ने शांत भाव से भोजन किया। कुन्ती खड़ी उन पर पंखा झलती रहीं। ऋषि शांत हो गए। थोड़ी देर बाद उन्होंने फिर आसन पर घ्यान लगा लिया।

असल में कुन्ती ने महर्षि दुर्वासा के स्वभाव के बारे में जो कुछ सम्भव हो सकता था, पहले ही पता कर लिया था– वह क्या-क्या मांग सकते हैं, कैसी-कैसी सनकें हो सकती हैं, और कैसा स्वभाव है उनका। इस आधार पर उसने, जिस घर में दुर्वासा ठहरे थे, उसी घर के पास वाले अन्य घरों में सारी चीजों का बन्दोबस्त कर दिया था।

इस बार ऋषि ने पुनः आंखें खोलीं। कहा, "अरे कोई है?"

"जी, ऋषिश्रेष्ठ!" कुन्ती तुरन्त हाथ जोड़कर आ खड़ी हुई।

"कन्या!" दुर्वासा ने कहा, "हम हवन करना चाहते हैं। तुरन्त व्यवस्था करो।"

"आइए, महाराज!"

"यानी हवन की पहले से ही व्यवस्था है?" दुर्वासा ने हैरान होकर पूछा।

"हां, ऋषिवर!" कुन्ती बोली, "महर्षि आयें और यज्ञ-हवन आदि पुण्यकर्म की व्यवस्था न की जाए, यह तो सेवा में भूल ही होगी देव!"

ऋषि ने लाल आंखें कुन्ती की ओर घुमायीं। वह निर्मल चांदनी जैसी शांत थीं। ऋषि भी शांत हो गए। उससे कहीं अधिक प्रसन्न हुए।

दूसरे कमरे में पहुंचकर महर्षि दुर्वासा ने देखा, चकित हो गए। वहां सारी हवन-सामग्री, फूल, चन्दन वाली लकड़ियां आदि सभी पहले से मौजूद थीं। दुर्वासा ने प्रसन्नतापूर्वक हवन किया।

फिर इसी तरह हर दिन हर पल कुन्ती उनकी हर इच्छा और आदेश इतनी जल्दी पूरा करती गई कि दुर्वासा का मन शांत हो गया। सदा क्रोध में भरे रहने वाले ऋषि ने अचानक एक प्रातः कहा, "पुत्री, अब हम जाना चाहते हैं।"

"ऋषिदेव!" कुन्ती बोली, "आपने मुझ जैसी बच्ची को अपनी सेवा का अवसर देकर जो कृपा की है, वह मेरे जीवन की सबसे बड़ी घटना है। अगर मुझसे कोई भूल हुई हो तो मैं आपके चरणों में सिर रखकर क्षमा मांगती हूं।"

"नहीं-नहीं, बेटी! मैं बहुत प्रसन्न हूं तुमसे। तुम्हें कोई वरदान देना चाहता हूं। बोला, तुम क्या चाहती हो?"

कुन्ती ने ऋषि दुर्वासा को प्रसन्न किया

बस, आपकी कृपा रहे महाराज! मेरे लिए वही वरदान है।"

"नहीं, मैं कुछ न कुछ अवश्य ही दूंगा, मांगो।"

"मेरी समझ में तो कुछ आ ही नहीं रहा है महाराज।" कुन्ती ने हाथ जोड़कर भोलेपन से कहा।

ऋषि हंस पड़े। "कोई बात नहीं। मैं तुम्हें अपनी ओर से एक वरदान देता हूं। सुनो, एक श्लोक, ध्यान से सुनना।"

कुन्ती ने कान लगा दिए। ऋषि दुर्वासा ने श्लोक सुना दिया, फिर कहा, "इसे सदा स्मरण रखना।"

"जी।"

"इस श्लोक का तुम जब भी पाठ करोगी और जिस देवता को भी याद करोगी, वह तुम्हारे सामने उपस्थित हो जाएगा। वह देवता उस समय तुम्हारी हर आज्ञा का पालन करेगा। न चाहे, तब भी करेगा। यह मेरा वरदान है।"

आश्चर्य! ऐसा हो सकता है क्या? कुन्ती ने सोचा।

अभी कुन्ती सोच ही रही थी कि ऋषि बोले, "अब हम जाते हैं बेटी! तुम सदा सुखी रहो।"

कुन्ती ने उनके चरण छुए।

ऋषि चले गए।

कुन्तिभोज और सभी प्रजाजन ऋषि दुर्वासा से प्रसन्न होकर वन में चले जाने से बहुत सुखी थे। कुन्ती ने सबको बचा लिया था।

यही नहीं, उन्हें प्रसन्न भी कर लिया था।

पर कुन्ती प्रसन्न नहीं थी। जो वरदान ऋषि उसे दे गए थे, उसे लेकर वह हमेशा ही सोचती रहती। बड़ा अजीब वरदान था। श्लोक पढ़ा और मनचाहा देवता याद किया। तुरन्त वह हाज़िर। यह तो कमाल का मंत्र हुआ कि जो कुन्ती कहे, वही देवता करे! करे क्या, करने के लिए लाचार हो जाए। वरदान में ताकत ही इतनी थी।

पर कुन्ती को विश्वास नहीं हो रहा था। भला ऐसा भी कहीं हो सकता है? देवताओं के दर्शन करने के लिए तो लोगों को बड़ी-बड़ी तपस्या करनी पड़ती है। और दुर्वासा कह गए हैं कि बस, चार शब्दों का श्लोक पढ़ो और देवता हाज़िर! मन कहता था– नहीं-नहीं, ऐसा नहीं हो सकता। कुन्ती को देवता ने छोटी लड़की समझकर यों ही बहला दिया होगा।

मंत्र की परीक्षा का विचार उसके मन में बार-बार आता था और एक रात बहुत सोचने-विचारने के बाद कुन्ती ने निश्चय कर लिया, मंत्र की परीक्षा जरूर करेगी...।

7

कुन्ती ने सुबह स्नान-ध्यान किया और मंत्र की परीक्षा का विचार किया, पर यह तय नहीं कर सकी कि किस देवता को बुलाना ठीक रहेगा? एक बार सोचा, चन्द्रमा को बुलाये। फिर लगा कि सूरज बुलाया जाये।

फिर दोनों से ही डर लगा। चन्द्रमा आए तो एकदम ठंडक फैल जाएगी और सूरज आ पहुंचे तो गर्मी के मारे बदन झुलसने लगे पृथ्वी के लोगों का!

आखिर सोचा, छोड़ो...संध्या समय देखेगी। वह दिन बीतने को हुआ। शाम हो गई।

सूर्य भगवान् अस्ताचल की तरफ चले। कुन्ती खिड़की के पास खड़ी सूर्य की ओर देख रही थी। कितने सुन्दर लगते हैं सूर्य...

कितना तेज! अगर सूर्य जैसे किसी देवता के दर्शन कुन्ती कर सकती तो कितना आनन्द आता!

बस कुन्ती ने तुरन्त फैसला कर लिया। सूर्य को बुलाएगी। परीक्षा की परीक्षा भी और देवता के दर्शन भी।

8

कुन्ती तुरन्त स्नानघर में गयी। स्नान किया और फिर धूप-बत्ती आदि लगा कर भगवान् की मूर्ति के सामने ध्यानस्थ हो गयी। उन्होंने महर्षि दुर्वासा के मंत्र को धीमे-धीमे जपना प्रारंभ किया। साथ ही दुर्वासा के अनुसार उन्होंने मन-ही-मन सूर्य देवता को याद करते हुए बुदबुदाकर कहा, "हे सूर्यदेव! मैं आपको इसी क्षण बुलाती हूं।"

अभी उनके होंठों से शब्द पूरे भी नहीं हुए थे कि आंखें मूंदे हुए ही अचानक उन्हें लगा जैसे उनके आगे तेज प्रकाश फैल गया है... इतना तेज की उसे सहन करना कठिन होने लगा। कुन्ती सहमी, घबरायी-सी बैठी रहीं।

अभी कुन्ती डरी हुई चुपचाप बैठी थीं कि एक मधुर स्वर सुनाई दिया, "आंखें खोलो, राजकुमारी।"

सूर्यदेव कुन्ती को तेजस्वी पुत्र प्राप्त होने का वरदान देते

कुन्ती और घबरा उठीं। डर के मारे पलकें और मिच गयीं।

"घबराओ मत।" वही मधुर, पर रोब से भरी हुई आवाज फिर कुन्ती के कानों में गूंजी, "पलकें खोलो...तुमने हमें स्मरण किया था और हम उपस्थित हुए हैं।"

कुन्ती ने धीमे-धीमे पलकें खोली...आश्चर्य! उसके सामने चमचमाती सोने जैसी देहवाला एक सुन्दर पुरुष खड़ा था। एकदम युवक। उसके माथे पर सोने का मुकुट था, मुकुट में लगी मणियां तरह-तरह के प्रकाश दे रही थीं। उस पुरुष की आंखें नीले सागर जैसी थीं और माथा चौड़ा।

वह सूर्य को सामने उपस्थित पाकर इतनी घबरा गई थी कि सारे होश-हवास ही गुम हो गए थे। मन-ही-मन सोच रही थी–हे राम! यह क्या कर डाला मैंने?...महर्षि के मंत्र की परीक्षा करने के लिए बेकार ही इतने महान् देवता को बुला लिया।

सूर्यदेव हंसे। कुन्ती को वह बहुत अच्छे लगे। जिस पल वह आये थे, कितनी गर्मी फैल गई थी, पर जब वह आ गए थे, तब वैसा कुछ नहीं रहा था। उनकी आवाज में शान्ति थी, जल जैसी निर्मल वह स्वयं भी देखने में आश्चर्यजनक रूप से सुन्दर थे। उन पर से आंखें हटाने का मन ही नहीं करता।

सूर्यदेव ने पूछा, "मैं तुम्हारे पलंग पर बैठ जाऊं, कुन्ती?"

"हां, जरूर सूर्यदेव! बैठिये।" कुन्ती ने अब कुछ प्रसन्न होकर कहा। मन को ढाढ़स दिया–बेकार ही इतना डर रही हूं।

"हूं, तो तुमने मुझे ऐसे ही बुला लिया, क्यों?"

कुन्ती भोलेपन से उनके सामने खड़ी हुई थीं, "हां, सच...ऐसे ही। अब आप पधारिये।"

"अब मैं आया हूं तो तुम्हें कुछ-न-कुछ तो मुझसे मांगना ही चाहिए।" सूर्य ने कहा।

अब कुन्ती क्या मांगें?...सब कुछ तो है उनके पास। "मुझे तो अभी कुछ भी नहीं चाहिए, महाराज...क्या मांगूं?" सूर्य मुस्कराते हुए बोले, "तुम बहुत भोली और सीधी हो कुन्ती! तुमसे मैं प्रसन्न हुआ।...अगर तुम कुछ नहीं मांगतीं, तो मैं तुम्हें एक वरदान देता हूं।"

"क्या?"

"तुमने मुझे बुलाया है, तो मेरा आना बेकार नहीं जायेगा।" सूर्य ने कहा, "जल्दी ही तुम्हें मुझ जैसा ही तेजस्वी बेटा प्राप्त हो जाएगा। उस बेटे के लिए मैं अपना कवच और कुंडल भी दूंगा।...उस बेटे के कारण तुम सदा-सदा यशस्वी बनोगी।"

कुन्ती भौंचक्की-सी खड़ी रह गयीं। उनसे यह भी नहीं कहते बना कि यह वरदान नहीं चाहिए। असल में सूर्य के आकर्षक रूप से बहुत प्रभावित हो गयी थीं। सूर्य थे ही ऐसे।

"अब मैं जाना चाहता हूं।" वह बोले और कुन्ती हाथ जोड़कर उन्हें विदाई दे, इसके पहले ही एक बार फिर उनकी पलकें मुंद गयीं।

9

बड़ी देर रात गये तक कुन्ती सोचती रहीं। बहुत भूल हुई उनसे। सूर्य उन्हें जो वरदान दे गए हैं, वह वरदान तो उन्हें चाहिए ही नहीं था। वह तो कुंवारी लड़की थीं? ब्याह से पहले बेटा क्यों होना चाहिए?

अब जब सोचा, तो चिन्ता बढ़ गयी। क्या किया जाये? सूर्यदेव ने जो कहा है, वह झूठ तो नहीं हो सकता?

मन में आया कि जाकर पिता से कह दें, सूर्य उन्हें ऐसा वरदान दे गये हैं, पर यह सोचकर डर गयीं कि पिता नाराज हो गये तो? अचानक कुन्ती को ध्यान आया अपनी सेविका और सहेली का। कुन्ती ने निश्चय किया, उसी से मदद लेनी चाहिए। सन्देश भेज दिया तुरन्त बुलाने को।

उसका नाम था– समीची। कुन्ती का सदेशा जैसे ही उसके पास पहुंचा, वह दौड़ी आयी। पूछा, "क्या बात है कुन्ती!"

कुन्ती उदास थीं। कहा, "बैठ, बतलाती हूं।" फिर सारी कहानी समीची को कह सुनाई। समीची घबराई हुई सब कुछ सुनती रही।

कहानी सुनाकर कुन्ती ने पूछा, "अब बता समीची! मैं क्या करूं?"

समीची भी चिन्ता में थी। कुन्ती ने भोलेपन में बड़ी भूल कर दी थी। बहुत सोच-समझकर समीची ने कहा, "राजकुमारी, यह बात आपने मुझसे कही सो कही, किसी और से मत कहिएगा।"

"ठीक है, नहीं कहूंगी..." कुन्ती ने उत्तर दिया, "पर यह तो सोच, सूर्य का कहा सच हुआ, तो मैं उस बालक का क्या करूंगी?... अभी तो मेरा विवाह हुआ नहीं है।"

दोनों सहेलियां देर तक सोचती रहीं, फिर समीची ने राह निकाल ली। बोली, "जब सूर्य का बेटा पैदा होगा, तो हम उसे नदी में बहा देंगे।"

"नहीं-नहीं!" कुन्ती ने जवाब दिया, "भला कोई मां अपने बेटे की हत्या कर सकती है? नदी में बहाने से तो वह मर जायेगा।"

"नहीं, उसे मरने नहीं देंगे।" समीची बोली, "मेरी जान-पहचान का एक नाविक है। मैं उससे नावनुमा पेटी तैयार करवा दूंगी, जिसमें उस बच्चे को लिटाकर नदी में बहाया जायेगा। वह पेटी डूब नहीं सकेगी। बच्चा किसी-न-किसी तट पर पहुंचकर किसी-न-किसी भले आदमी के हाथ लग जायेगा। सूरज का बेटा होगा तो, सूरज की ही तरह सुन्दर और शक्तिशाली। उसे तो कोई भी खुशी से पाल लेगा।"

"ऐसा बन्दोबस्त किया जायेगा कि पेटी में हवा पहुंचती रहे। और यह इन्तज़ाम भी कर दिया जायेगा कि या तो उस बच्चे को कोई ऐसी ताकत की दवा खिला दी जाएगी कि उसे भूख ही न लगे और वह आराम से कई दिन-रात बहता रहे या फिर उसके साथ-साथ इस तरह के विश्वसनीय सेवक भेजे जायेंगे कि वे समय-समय पर उसे दूध पिलाते रहें।"

कुन्ती घबरायी हुई थी। उसे वह सब अच्छा नहीं लग रहा था। यह सोचकर उसका दिल डूब रहा था कि बच्चे की जान खतरे में पड़ जायेगी, पर इस वक्त समीची की बात मानने के अलावा कोई रास्ता ही न था। कुन्ती चुप हो गयी।

सूर्य का वरदान कुछ समय बाद फला। कुन्ती को सूर्य जैसा ही एक सुन्दर बच्चा प्राप्त हुआ। कुन्ती उसे पाकर जितनी घबरायी, उतनी ही प्रसन्न भी हुई। कितना सुन्दर बच्चा!...लगता था कि साक्षात् सूर्य ही बालक बनकर उसकी गोद में आ गए हैं।

थोड़ी देर पहले समीची ने आकर खबर दी थी, "घबराना मत राजकुमारी। मैं थोड़ी देर में सारा इन्तज़ाम करके लौटती हूं।"

"इस बीच मैं क्या करूं, समीची?" अकेली कुन्ती बहुत डरी हुई थी।

"इस बच्चे को प्यार करो, देवी...!" समीची ने जवाब दिया था–"जितना प्यार करना है, कर लो!...फिर यह तुमसे दूर चला जायेगा!"

कुन्ती की आंखें भर आयीं। ऐसा सुन्दर बच्चा पाकर भी कुन्ती

को उसे छोड़ देना पड़ेगा! कैसा दुर्भाग्य!

"सब इंतजाम हो गया है।" समीची ने कहा, "थोड़ी देर बाद जब अंधेरा होने लगेगा, हम लोग गुप्त मार्ग से अश्वरथी नदी की तरफ चलेंगे। वहां वह नाविक, खास तौर की नावनुमा पेटी लिये हुए तैयार रहेगा। मैंने दो सैनिक गुप्तचर भी विश्वास में ले लिये हैं।"

कुन्ती ने टोका, "वे किसी को कुछ बतला तो नहीं देंगे?"

"नहीं, वे अपने आदमी हैं। तुम जरा भी मत घबराओ।" समीची ने विश्वास दिलाया– "वे सैनिक दोनों तटों पर पेटी के साथ-साथ चलते रहेंगे। पेटी और बच्चे की हर तरह रक्षा भी करेंगे।...जिस जगह, जिसके भी घर वह बच्चा पहुंचेगा, समाचार लेकर आयेंगे। इस तरह आपको आपके बच्चे के पलने, बड़े होने की हर खबर मिलती रहेगी।"

रात होते ही दोनों गुप्त मार्ग से बच्चे को लेकर नदी की ओर चलीं। कुन्ती रो भले ही नहीं रही थी; पर मन-ही-मन दुःखी बहुत थीं। सूर्य का बेटा पाकर भी वह उसे खोने जा रही थीं। कितना याद आता रहेगा वह!

समीची चलते-चलते हांफने लगी। उसने सूर्य के लम्बे-चौड़े कवच-कुंडल लाद रखे थे। वे बहुत कीमती तो थे ही, पर वजनी भी बहुत थे। कुन्ती ने कहा था, "यह कवच-कुंडल सूर्य देवता ने इस बच्चे के साथ ही भेजे हैं। इन्हें उसी के साथ रहना चाहिए।...पेटी में ही इन्हें रख दिया जायेगा।"

समीची ने पेटी का आकार-प्रकार वैसा ही बनवाया था।

10

लगभग आधा घण्टा तक चलते रहने के बाद राजकुमारी कुन्ती और समीची एकदम जंगल में पहुंच गयीं। थोड़ी देर बाद अश्वरथी नदी की धारा का स्वर सुनाई पड़ने लगा।

अभी वे कुछ कदम आगे बढ़ी होंगी कि अंधेरे से एक छाया निकलकर सामने आ खड़ी हुई। भय के मारे कुन्ती तो चीख ही पड़तीं; पर समीची एकदम से बोली- "डरना मत राजकुमारी, यह सम्यक् है। अपना विशेष गुप्तचर...यह और इसका भाई। दोनों पेटी के साथ-साथ जायेंगे।"

तीनों नदी के किनारे की ओर बढ़ चले। राजकुमारी कुन्ती जैसे-जैसे कदम बढ़ा रही थीं, उन्हें लग रहा था कि उनका दिल हाथ से निकला जा रहा है। पर किया भी क्या जा सकता था! राजकुमारी से गलती हुई थी। इस गलती का उन्हें प्रायश्चित तो करना ही था।

राजकुमारी को देखकर नाविक और सम्यक् ने आदर से प्रणाम

किया। पेटी खोली गयी। सम्यक् ने प्रकाश किया। उसमें मखमली कपड़े लगे हुए थे। एक ओर कवच-कुण्डल के लिए जगह बनायी गई थी। राजकुमारी की ओर समीची ने देखा, फिर कहा, "आप बिल्कुल चिंता न करें, सूर्यपुत्र इसमें सुरक्षित रहेगा...भगवान इसकी रक्षा करेंगे।"

"पर समीची, मेरा मन नहीं कहता कि अपने सुन्दर बालक को मैं नदी में बहाऊ?" कुन्ती रो पड़ीं।

"इस समय बुद्धि से काम लेना ठीक होगा राजकुमारी! मन से नहीं।" समीची ने उन्हें धीरज बंधाते हुए कहा, "लाइए, बालक को मुझे दीजिए।"

समीची ने बालक को नावनुमा पेटी में लेटाने की व्यवस्था कर दी। कवच-कुंडल पहने ही बालक को रख दिया गया था।

कुन्ती हौले-हौले सिसक रही थीं। पेटी का ढक्कन बन्द किया गया और फिर उसे हौले-हौले नदी के पानी में बहा दिया गया। दोनों सैनिक अपने-अपने घोड़े पर सवार होकर तट से पेटी के साथ-साथ चल पड़े।

सिसकती हुई राजकुमारी कुन्ती को सहारा देकर समीची लौट पड़ी

11

कुन्ती को कई रातों तक ठीक तरह नींद नहीं आई। वह रोती रहती थीं और उन्हें लगता था कि बार-बार सूर्य के वरदान से मिला वह सुन्दर बालक उनकी आंखों के आगे आकर बांहें फैला देता है।

पर कुन्ती को उस दिन बड़ा चैन मिला, जब सम्यक् और सत्यक् ने खबर दी की सूर्यपुत्र सुरक्षित रूप से सही हाथों में पहुंच गया है।

कुन्ती ने सत्यक् और सम्यक् को हर पल सूर्यपुत्र के लालन-पालन की खबरें देने के लिए वापिस भेज दिया।

समय बीतता गया और कुन्ती को अपने बेटे की खबरें मिलती गयीं। उन्हें पता चला कि सूर्यपुत्र का नाम राधा और अधिरथ ने वृष रखा है।

"वृष?" कुन्ती बड़बड़ायीं, "भला यह कैसा नाम हुआ। वृष का अर्थ तो भयंकर बेल होता है।"

सम्यक् ने हंसकर कहा, "आपको पता नहीं है राजकुमारी!... आपके पुत्र की शक्ति वृष से कई गुना ज्यादा है!"

तब सम्यक् ने उन्हें वह घटना सुनाई, जिसे सुनकर कुन्ती और समीची ने दांतों तले अंगुली दबा ली।

सम्यक् ने सब कुछ बतलाया। बस्ती कैसी? राधा कितनी अच्छी स्त्री है। अधिरथ कितना चाहते हैं वृष को!... कभी-कभी वह अपने पालक माता-पिता को बहुत तंग भी करते हैं।

एक दिन वह एकदम सुबह-सवेरे जब सूरज भी नहीं उगा था, घर से गायब हो गए।

"गायब हो गए?" कुन्ती ने घबराकर पूछा।

"हां देवी!..." सत्यक् ने बतलाया, "अब राधा और अधिरथ का हाल तो पूछो नहीं। पल-भर में सारा गांव सिर पर उठा लिया दोनों ने।"

सारी बस्ती खोजने में लग गई। तभी किसी ने आकर खबर दी, "अरे, कर्ण तो गंगा में तैर रहा है। तुम यहां कहां खोज रहे हो उसे?"

"चलो!...उसे बचायें! जरूर वह गंगा में डूब रहा होगा!"

सारी बस्ती वाले भाग पड़े गंगा नदी की ओर। सूरज देवता

छोटी सी उम्र में कर्ण सांड को मारता है

प्रकट होने लगे थे। गंगा की लहरों पर अब अंधेरा नहीं रहा था। सबने अचरज से देखा कि कर्ण गंगा नदी के दूसरे किनारे से लहरें चीरता हुआ उन्हीं की ओर तैरता हुआ आ रहा है!

सब भौंचक्के से देख रहे थे। इतना छोटा बच्चा और गंगा के ताकतवर बहाव को चीर रहा है!...फिर उसने तैरना कब सीखा, किसी को भी पता नहीं था।

अधिरथ से रहा ही नहीं गया। वह तुरन्त गंगा में कूद पड़े। जल्दी-जल्दी हाथ-पांव मारकर कर्ण के पास पहुंचे।

अधिरथ और वह किनारे आ गए। माता ने खूब डांटा था उसे। वह चुपचाप डांट सुनता रहा। सब लौट आए थे।

अगले दिन फिर नया चमत्कार कर दिखाया था उसने! ऐसा चमत्कार, जिसके कारण उसका नाम ही बदल गया।

हर दिन की तरह बस्ती के अन्य बच्चों के साथ गंगा तट पर खेल रहा था। कुछ बालक छिप गए थे और वह उन्हें ढूंढ़ने वाला था। तभी मारुति चीखा।

एक विशालकाय सांड मारुति पर झपट पड़ा था। मारुति पूरी शक्ति लगाकर दौड़ रहा था; पर वह सांड था कि रुक ही नहीं रहा था। कुछ ही पलों में वह सांड मारुति को सीगों पर उठाकर फेंक देने वाला था।

कर्ण तेजी से सांड की ओर दौड़ा। यह दौड़ बिलकुल बस्ती तक चली। लोगों ने जब यह देखा, तो डर के मारे चीखने-पुकारने लगे।

सांड के नथुनों से फेन बरस रहा था। उस युद्ध में कर्ण ने सांड को आखिर मार ही दिया।

छोटे-से कर्ण के बड़े काम ने उसका नाम ही बदल दिया। सब उसे ही कहने लगे थे, “आदमी नहीं है कर्ण!...वह तो साक्षात् वृष है।” उसे वृष कहा जाने लगा।

12

इधर अधिरथ ने यह सोचा कि कर्ण से छिपाए रखना बुरी बात होगी कि वह मछेरा नहीं, किसी ऊंचे कुल का लड़का है।

एक दिन अधिरथ ने उसे अपने पास बुलाया।

कर्ण आज्ञाकारी भी बहुत था। पिता के बुलावे पर तुरन्त पहुंचा। हाथ जोड़कर प्रणाम किया, फिर कहा, "आज्ञा कीजिए, पिताजी।"

"बेटा!...बहुत दिनों से मेरे मन में एक बात है और अब वह तुम्हें बतलाना चाहता हूं।" अधिरथ ने कहा।

"कहिए।"

"मैं वह कहना चाहता हूं वृष!...कि...कि तुम किसी उच्च कुल

की सन्तान हो!..." अधिरथ ने कहा, "अवश्य ही तुम्हारे शरीर में क्षत्रियों का खून बह रहा है।"

कर्ण हैरान होकर पिता को देखने लगा।

"मैंने और तुम्हारी माता राधा ने तुम्हें केवल पाला-भर है। हम तुम्हारे पालक माता-पिता हैं, बस।"

कर्ण दुःखी हो गया, "तब मेरे असली माता-पिता कौन हैं पूज्य पिता!" उसकी आवाज रुआंसी हो गई।

"यह तो मैं भी नहीं जानता, बेटे!..." अधिरथ ने टूटी आवाज में जवाब दिया था।

"तब मैं आपको मिला कहां था?"

"मैंने और तुम्हारी मां ने तुम्हें गंगा नदी में बहकर आती एक पेटी से पाया था।"

"अच्छा वह पेटी कहां है?" कर्ण ने पूछा।

अधिरथ ने कहा, "आओ मेरे साथ।" फिर वह उसे अपने ही घर के एक कोने में कपड़ों के भीतर छिपाकर रखी गई पेटी खोलकर कर्ण को सूर्यवाले कवच-कुंडल देते हुए कहा– "यह भी तुम्हारे ही साथ आए थे, बेटा!...देखो तो कितने कीमती हैं। हम जैसे गरीब लोग भला इस कीमती और मजबूत कवच-कुंडल को कहां से ला सकते थे!"

कर्ण ने दोनों चीज़ों को उलट-पलटकर देखा, फिर कहा,

कर्ण युद्ध विद्या का अभ्यास करता

“यह सब तो ठीक है पिता जी! पर आप यह कभी मुझसे न कहना कि आप मेरे पिता नहीं हैं। मेरे लिए अब भी माता-पिता केवल आप ही हैं।...मैं आप ही का पुत्र हूं।– केवल अधिरथ और राधा का बेटा।”

बात पूरी करके कर्ण अधिरथ के सीने से लिपट गया और सिसकने लगा। अधिरथ भी ममता के मारे रो पड़े थे।

पर अधिरथ ने अपना मनुष्य धर्म पूरी तरह निभाया। एक दिन सुबह-सवेरे उन्होंने कर्ण से कहा, “सुनो कर्ण...आज तुम मेरे साथ शिक्षा लेने के लिए गुरु द्रोणाचार्य के पास चलोगे! अगर तुमको उन्होंने शिक्षा दी, तब तुम्हारी शक्ति और बल में चार चांद लग जायेंगे !”

अधिरथ हस्तिनापुर के महाराज घृतराष्ट्र के रथ का सारथी रहा था कभी। घृतराष्ट्र उसे बड़ा आदर देते थे। अधिरथ सारथी भी बहुत अच्छा था।

अधिरथ ने सोचा था कि द्रोणाचार्य वैसे तो शायद ही कर्ण को शिक्षा देने को तैयार होंगे, क्योंकि कर्ण गरीब का बेटा था। न उसके पास धन-दौलत थी, न कुल का गौरव; पर अधिरथ को यह विश्वास था कि वह महाराज घृतराष्ट्र की सिफारिश करवाकर कर्ण को आश्रम में प्रवेश दिलवा देंगे। बाकी तो कर्ण सम्भाल ही लेगा। वह शक्तिशाली भी था, अच्छा निशानेबाज भी और खूब हिम्मतवर भी। ऐसे बच्चे को जरा-सी शिक्षा मिल जाए, तो कहना ही क्या?

वह तो बड़ों-बड़ों को मात दे सकता था!

कर्ण तुरन्त तैयार हो गया। युद्ध विद्या सीखने में उसे गहरी रुचि थी। माता के चरण छूकर उसने आशीष लिया, फिर पिता के साथ रथ पर सवार होकर गुरु द्रोणाचार्य के आश्रम की ओर चल पड़ा।

किन्तु कर्ण के मन में एक नई चिन्ता पैदा हो गई थी। उसे अपने असली माता-पिता का पता लगाना था।

●●●

कर्ण और भीष्म

कर्ण ने शिविर में प्रवेश किया। उस योद्धा की आंखों में श्रद्धा के आंसू थे, चेहरे पर उदासी। भर्राए गले से दोनों घुटनों के बल पृथ्वी पर बैठकर हाथ जोड़ कर्ण बुदबुदाया, "पितामह के चरणों में राधापुत्र कर्ण प्रणाम करता है!" स्नेह, सरहलता और आनंद से भर उठे थे भीष्म। बाण शय्या पर ज्यादा हिलना-डुलना संभव न था, किंतु संपूर्ण जीवन में पहली बार शरीर कर्ण के प्रति आनंद से भर उठा था। अनजाने ही कह गए थे, "आयुष्मान् हो, कुंती-पुत्र!"

"न-न-पितामह!" बेचैनी से लगभग रुआंसे होकर कर्ण ने कहा था, "अब मुझे राधेय ही रहने दीजिए, पूज्य, यही मेरा सत्य है–यही वह सुख, जिससे सदा ही जुड़ा रहा हूं। वह संतोष ही तो मुझ अकिंचन की शक्ति है।"

भीष्म पितामह का सफ़ेद बालों से घिरा चमकता चेहरा पल-भर

के लिए बुझ गया था। लगा था कि पराक्रमी कर्ण का वह मर्म छू बैठे हैं, जिसे उसके शौर्य-संतोष तथा दान-शक्ति भी कभी भर नहीं सके। संभवतः ठीक नहीं हुआ, किंतु उन शब्दों की वापसी अब असंभव थी– जो एक बार फूलों की-सी महक लिए कर्ण पर उछाले गए थे..., मगर कर्ण को अनुभव हुआ था, जैसे पितामह के मुंह से पहली बार निकला यह सत्य संबोधन 'अग्नि-पुंज' की तरह उसके दर्द को घायल कर गया है।

पल-भर के लिए दोनों ही चुप हो गए थे, अपने-अपने दुख-दुविधा में घिरे हुए। फिर भीष्म बोले थे, "जानता हूं सूर्यपुत्र, तुम दुखी हुए हो, किंतु जो सत्य है– वह शब्द, समाज, कालजयी होता है..."

मौन कर्ण ने भीगी पलकें उठाकर पितामह की ओर देखा था। एक क्षण के लिए भीष्म के भीतर कुछ हिल उठा। ऐसे, जैसे कर्ण की कातर दृष्टि ने उनके अंतर के शांत जल-सागर को हचमचा डाला हो...उन्होंने दर्द से पलकें मूंद ली थीं। विगत को टालते हुए फिर वही निरंतर सत्य-असत्य की खोज का क्रम। वर्षों पूर्व इस सत्य से परिचित हो चुके थे कि कर्ण कुंती-पुत्र है– किसी-न-किसी रूप में हस्तिनापुर राजवंश का अंश...जब पता चला था, तब भी बेचैनी से भर उठे थे। एक बार फिर द्वंद्व से घिर गए थे। भावना और कर्तव्य का द्वंद्व! सत्य को सत्य कह पाना असंभव हो गया। क्या सचमुच असंभव था? इस असंभव को संभव कर सकते तो इस बात को टालने में सहायता मिलती। हो सकता है कि समाज, कुल, राजस्थिति और कूटनीति को धक्का लगता। यही तो सोचना पड़ा था पितामह को। इसी तरह सोचा था। सही हुआ या गलत? कर्ण अब भी टकटकी बांधे देख रहा था– आंसू अब भी पलकों से नीचे नहीं उतरे थे। कितने क्षण, कितने एकांत आए होंगे

जब कर्ण ने इस तरह आंसू पलकों से नीचे नहीं उतरने दिए होंगे! पितामह ने ममता से भरकर सोचा था। पीड़ा गहन हो उठी थी। कर्ण ने कहा था, "सत्य कालजयी होता हो या न होता हो पितामह! पर इतना अवश्य जानता हूं कि असत्य समयजयी हुआ है। कितनी विचित्र बात है कि जब-जब सोचा कुंती-पुत्र हूं– पीड़ा मिली और जब-जब विश्वास की कोशिश की कि मेरा सत्य राधा-पुत्र होने में ही है–संतोष हुआ।"

भीष्म निरुत्तर हो रहे। इस समूचे काल में कितने-कितने अवसर आए हैं, जब भीष्म अपने से भी निरुत्तर हो उठे हैं। ऐसे हर अवसर को बड़ी धीरता और चतुराई से नीति, नियम और कुल के हित की ढाल से जीत लिया है उन्होंने। वही इस पल किया था। कहा, "सूर्यपुत्र! मनुष्य अपने से अलग भी बहुत कुछ है। विराट्! कभी वह निज में जीता है, कभी समूह में और कभी संपूर्ण काल में। सत्य और समाज के छोटे-छोटे समझौते भी उन्हीं आधारों पर होते हैं। मुझे विश्वास है कि तुम सब महारथी आने वाले सत्य को नहीं बिसराओगे...और तुम्हारे आगत-सत्य के लिए आंसुओं की नहीं, कठोरता की आवश्यकता है।"

"जानता हूं पूज्य-अच्छी तरह जानता हूं। विश्वास दिलाता हूं कि यह राधापुत्र, मित्र दुर्योधन के लिए प्राण-होम भी उसी सख्ती से करेगा, जिससे शत्रु-संहार करेगा। इसी हेतु आशीर्वाद चाहता हूं आपका!"

भावावेश में वरदान के लिए बाणों से बिंधा हाथ हौले से हिल गया था भीष्म पितामह का, पर तुरंत ही संभले। इस संभलने ने होठों कोभी–"विजयी भव!" कहते-कहते थमने का अवसर दे दिया। गहरी

सांस लेकर बोले थे, "धर्म-जय हो वत्स! मेरा आशीष है।"

कर्ण के होठों पर एक तिरछी हंसी अंकुरायी। दृष्टि ने खास रंगत ली।

"मैं अपनी जय का आशीष मांगने आया हूं पितामह– वही दीजिए मुझे!" प्रार्थना-भाव से हाथ जोड़ लिए थे उसने।

भीष्म ने धीर-गंभीर वाणी में कहा था, "यह महासमर व्यक्तियों का समर नहीं है वीर! कृष्ण कहते हैं– यह समर है धर्म-अधर्म का। कुल, वंश और राज्य से कहीं आगे फैलाव में देश का, संस्कृति का। नीतिज्ञ शकुनि के अनुसार यह मात्र परिवार, अधिकार और बंधु-बांधवों का युद्ध है।"

"और आपके अनुसार महाभाग?" शरारत से कर्ण ने बीच में ही पूछ लिया था।

"मुझे लगता है, यह कुरु वंश के अस्तित्व का युद्ध है।"

"तब धर्माधर्म की गूढ़ गुत्थियों में अपने प्रेम आशीष को क्यों उलझा रहे हैं, पूज्य?"

"गहन मंथन के बाद अब मुझे यह भी लगता है कर्ण! वंशाधार में धर्माधर्म आवश्यक है। इसी में समाज और राज्य का शुभ है, अतः जिस ओर धर्म होगा...उसी ओर विजयश्री होगी–यही मेरा आशीष है– यही कामना!" भीष्म पितामह ने शांत स्वर में उत्तर दिया।

कर्ण कुछ पलों के लिए चुप हो गया।

पितामह बोले, "तुम पर मेरा बहुत स्नेह है पुत्र। तुम्हारी

दानशीलता, युद्ध क्षमता और पराक्रम से परिचित हूं। स्नेहादर करता हूं। इस पल तुम्हें अपने समीप पाकर आनंदित भी हूं।"

"तब सदा ही मुझे घृणा और तिरस्कार क्यों मिला पितामह?" चकित किंतु विह्ल स्वर में उतावली से कर्ण प्रश्न करने लगा था, "किस लिए मेरे प्रति आपकी दृष्टि में हीन भावना ही रही? क्यों निर्दोष होते हुए भी आपसे मैंने सदा घृणा और उपेक्षा ही पाई?"

''ऐसा कुछ भी नहीं था, कर्ण!" भीष्म पितामह ने धीमी किंतु मीठी आवाज में कहा, "मैंने न तो तुम्हें हीन दृष्टि से देखा, न ही तुमसे कभी घृणा की...हां, रुष्ट अवश्य रहा। सो भी इस कारण कि पांडु पुत्रों से व्यर्थ ही तुमने द्वेष रखा...वे तो तुम्हारे अपने ही थे– तुम्हारे रक्त! तुम्हारे अनुज– तब अकारण उनसे वैर रखना कहां तक उचित था कर्ण?"

अनायास कर्ण निरुत्तर हो रहा। बेबसी के उसके अपने तर्क थे.... अपने दुःख, किंतु लगा था, जैसे इस क्षण पितामह से तर्क-वितर्क का समय नहीं था। समाचार पाकर कि पितामह बहुत घायल हुए हैं...अनजाने ही उसके चरण शिविर की ओर मुड़ गए थे। उसे अपने पर ही आश्चर्य हुआ...क्यों वह पितामह के दर्शनार्थ जा रहा है? किसलिए उस आंधी की ओर जा रहा है, जिसने किसी भी क्षण कर्ण को सुख नहीं दिया...उद्वेग और अवमानना ही दी! कर्ण की स्मृति में एक भी पल ऐसा नहीं, जब हस्तिनापुर राजप्रासाद से ज़ुड़ने के बाद भीष्म से उसे स्नेह शब्द मिला हो। लगता था, उस दृष्टि में हर पल कर्ण के प्रति एक धिक्कार और अवमानना का भाव ही रहा। कितने-कितने अवसर आए थे, जब पीड़ित मन कर्ण ने उत्तेजित होकर पितामह को लगभग चुनौती भरे शब्दों से कुरेदने का

प्रयत्न किया था, पर हर बार वह कतराकर रह गए थे। क्या कर्ण को स्वयं से विग्रह योग्य भी नहीं मानते थे वे? या एक धिक्कार उनके भीतर ज्यादा उभर आता था? लगता कि दृष्टि कह रही है, नीच सूत-पुत्र! तुझसे तर्क-वितर्क करना स्वयं को अपमानित करना है! ऐसे मौकों पर कर्ण ज्यादा ही घुटकर रह जाया करता था। होते-होते यह स्थिति आ पहुंची थी कि भीष्म की कल्पना तक उसके मन में घृणा और चिढ़ भर दिया करती। पर पितामह के पतन समाचार ने कितना व्यग्र कर डाला था उसे। क्यों? ऐसा क्यों हुआ था? कर्ण को तो प्रसन्न होना चाहिए था। पर कर्ण व्यग्र हो गया। चिंतित और उससे कहीं ज्यादा पीड़ा महसूस करता हुआ।

और अब, जब इस पल मृत्यु शय्या पर लेटे वयोवृद्ध महारथी से बातें कर रहा है, तब पल-पल लग रहा है जैसे उनके शरीर में उतरे बाण...कर्ण के अपने हृदय में बिंधकर रह गए हैं। वही कष्ट, वही दुःख और वही छटपटाहट। जिस पर पहली बार पितामह से सरल बातें की हैं उसने और उससे कहीं अधिक सरल-निर्मल उत्तर भी पाया है। अब कुछ भी तो छिपाव-दुराव नहीं है उनके भीतर। कर्ण एकटक देखे जा रहा था उन्हें... बूढ़े, तेजस्वी चेहरे पर बालसुलभ सारल्य है। दृष्टि में निस्सीम आकाश जैसे निर्मलता। शब्दों में पुण्य श्लोक-सी पवित्रता। कौन विश्वास करेगा कुरु-पांडव कुलों के सर्वोच्च सेनापति, वीर राजनीतिज्ञ और प्रशासक की इस सहजता पर?

पितामह शांत थे। उन्होंने पलकें मूंद रखी थीं। बीच-बीच में पलकें मूंदकर मालूम नहीं लगता कि किस चक्रव्यूह में फंस जाते हैं...कौन जाने? सहसा उन्होंने पलकें खोलीं। पूछा, "कल से तो संभवतः कुरु पक्ष का सेनानायकत्व द्रोण संभालेंगे?"

"'हां।' कर्ण ने धीमे से उत्तर दिया था। द्रोण का नाम आने भर से वह पुनः एक कड़ुवाहट से भर उठा। उस युद्धाचार्य ब्राह्मण से कर्ण ने बहुत कुछ पाया है, पर किसी पल श्रद्धा नहीं कर सका। कब, किसके लिए श्रद्धा नहीं हो सकी और क्यों? इस सब पर कर्ण ने किसी पल विचार ही नहीं किया है। केवल वे पहलू ही देखे हैं, जिनके कारण अश्रद्धा, अवमानना, धिक्कार या घृणा देनी पड़ी है। समूचा जीवन ही इस सब पर खड़ा रहा है...विवेचन नहीं किया। अवसर नहीं मिला या विवेचन से कतराया रहा...कर्ण नहीं जानता। बस, इतना जानता है, जैसे बहुत कुछ था, जो खो दिया। न खोया होता तो विवेचन से कुछ-न-कुछ मिलता ही पर बीते क्षण और बीता समय कब लौटता है?

वार्ता के बीच अचानक द्रोणाचार्य की चर्चा निकल आने के कारण वातावरण बोझिल हो उठा था। इस बोझिलता का मूल पितामह भी जानते हैं, कर्ण भी। महान् कुरु-पांडवों के इस विलक्षण युद्धाचार्य ने किसी भी पक्ष की उचित श्रद्धा नहीं पाई। ब्राह्मण होकर भी सदा क्षुद्र स्वार्थों से जुड़कर ब्रह्म को आहत किया। इस महायुद्ध के मूल में जिन बहुतों का योग है, उनमें द्रोण भी तो हैं...जिनके अपने आंकड़े लगे हुए हैं। सहसा भीष्म बुदबुदा उठे थे, "आचार्य आए नहीं!" फिर उनके चेहरे पर खिन्नता और कष्ट गहरा गया था।

कर्ण को धक्का लगा। मन हुआ कह दे..."वह दंभी और चाटुकार ब्राह्मण आए-न-आए, क्या अंतर पड़ेगा पितामह? कर्तव्य कहकर वेतन-भोगिता निबाहने वाले उस बिके हुए वीरत्व से और आशा ही क्या हो सकती थी महाभाग?" किंतु नहीं कहा। पितामह को अच्छा नहीं

लगेगा। बहुत-सी बातें होती हैं, जिनका होना मनुष्य को बुरा नहीं लगता, किंतु उनका कहा जाना भी अच्छा नहीं लगता। कर्ण ने होंठ भींच रखे।

पितामह के होंठ खुले, "जल।"

कर्ण सुनते ही उठा और शिविर द्वार की ओर जाने लगा। भीष्म ने पुतलियां मोड़ीं। बोले, "कहां चले सूर्यपुत्र?"।

"जल व्यवस्था करवाता हूं, पितामह!" कर्ण ने उत्तर दिया।

किंतु भीष्म बोले, "जल तुम्हारे सामने है। पुण्यसलिला गंगामाता...दो घूंट तुम ही पिला दो!"

विस्मय से कर्ण का मुंह खुला ही रह गया, "मैं पितामह?... सूतपुत्र?"

सूतपुत्र नहीं, सूर्यपुत्र!" भीष्म पितामह की आंखें छलक आईं। ममता का अजस्र स्रोत निर्झर हो उठा। थर्राए गले से कहा, "तुम्हें देखकर ही प्यास उभरी है कर्ण...पता नहीं, यह प्यास पहले क्यों दबी रही। जल देकर आप्यायित करो वत्स।"

कर्ण पितामह की ओर लगातार देखता रहा...लगातार।

फिर उसने पात्र में जल भरा और कांपते हाथों से भीष्म के गले में कुछ घूंट उड़ेले...वे आंखें मूंदे हुए उन घूंटों को निगलते रहे, फिर एक गहरी सांस लेकर तृप्त हुए गीले होंठों पर हौले से जीभ फिराई। कुछ कहने के लिए कर्ण की ओर– पर शब्द थमे रह गए।

कर्ण का द्वन्द्व

यशोदानंदन के सामने कहा था, "मैं तुम्हें पहचानता हूं कृष्ण! तुम पर श्रद्धा करता हूं, पर प्रार्थना करता हूं, वासुदेव! मुझे मित्र-धर्म से अलग होने को न कहिए! राजमोह और जीवन– सब गौण हैं मेरे लिए! दुर्योधन और समूचे कौरवों के महानाश को मैं देख-समझ रहा हूं, किंतु उनसे अलग होना मेरे लिए कल्पना से परे है।"

"जानते हो ना कर्ण, पांडवों को ज्ञात ही नहीं है कि तुम उनके सबसे बड़े भाई हो। यह ज्ञात होते ही युधिष्ठिर सब कुछ तुम्हें सौंप देंगे। समझ से काम लो सूर्यपुत्र, मेरे साथ चलो।"

कर्ण के होठों पर एक तीखी, कुरेदती मुसकान उभर आई थी, पूछा, "वासुदेव! तुमसे कहा, अनकहा भले ही रहा हो, किंतु ऐसा कुछ भी नहीं है, जो अनपहचाना हो! यह सब जानते हुए भी आप यह कह रहे हैं?"

श्रीकृष्ण के मन में स्नेह की रसधारा बह उठी थी। गहरी सांस

ली–समझ गए थे कर्ण का उत्तर। उसे सामान्य मोह से छल पाना असंभव! ज्यादा कुछ नहीं कहा था। बस, बोले थे, "सुखी हो कुंतीसुत! शांत हो!''

कर्ण ने हंसकर उसी सरलता और श्रद्धा से गले लगा लिया था कृष्ण को और कृष्ण ने कर्ण का स्वर सुना था..."अब स्वर्ग में ही भेंट होगी गोविंद! यह भी जानता हूं!" फिर वह रथ से उतरकर विदा हो गया था।

वायुवेग से दौड़ते रथ ने एक जोर का हिचकोला लिया। सारथी शल्य के शब्द कानों में बज उठे, "अब तनिक भी देर न करो अंगराज! युधिष्ठिर, भीम, नकुल और सहदेव...सबको क्रमशः समाप्त कर सकते हो तुम!"

कर्ण ने देखा, 'हां!' शरीर में एक साथ हजारों बिजलियां तड़प उठीं। हाथ ने वायुवेग से तीर खींचा और अगले ही पल तीर धनुष पर चढ़ रहा था...सहसा उसे महसूस हुआ था, उसके हाथ एकदम शिथिल हो गए हैं। कर्ण का मन हुआ था कि स्वयं से ही चीखकर सवाल करे–पर विचित्र है मानस लीला! सवाल से जुड़कर ही जवाब उभर आता है। "नहीं कर्ण! तुम ऐसा न कर सकोगे। मां से बचनबद्ध हो तुम! वे सब तुम्हारे छोटे भाई हैं! विजय किसी की भी हो– पांडव पांच ही रहने हैं।" चीखकर शल्य को आदेश दिया था, "रथ मोड़ लो महाराज!"

तुम...तुम उन्हें मार सकते हो, राधेय!" शल्य ने बौखलाकर कुछ कहा था, पर कर्ण ने फिर आदेश दोहराया।

शल्य धिक्कारता-दुत्कारता हुआ रथ मोड़ने लगा...कर्ण ने कहा था, "शीघ्रता करो, मद्रराज! रथ अर्जुन के सामने ले चलो!"

कर्ण द्वारा युधिष्ठिर, भीम, नकुल और सहदेव को जीवित छोड़कर कतरा जाना! कर्ण ने उन चारों को जो जीवनदान दिया है– वह क्यों है? उस पल भी तो कर्ण के भीतर कुछ भीग गया था...शायद कर्ण रो ही पड़ता जब पहली बार पांडवों के शुभार्थ ही सही, कुंती ने उसे 'पुत्र' कह दिया था...तीव्र गति से दौड़ते रथ को अर्जुन के पास पहुंचते पाकर कर्ण ने उसी भाव से तरकश से तीर निकाल लिया था, किंतु क्या हो गया है। एक गहरी सांस खींच ली कर्ण ने। अर्जुन का रथ फिर सामने है...शांत, स्थिर भाव से रथ-चालन करते कृष्ण! कर्ण ने भावुकता से मुक्ति पाकर कर्मक्षेत्र के चट्टानी सत्य को छूआ! घोर संग्राम! भीषण प्रहार!

पल भर के लिए ही सही, किंतु ज्ञान-विवेक सब शून्य हुए, न कर्ण को पता चला होगा, न अर्जुन को! परस्पर हिंसक प्रहारों में व्यस्त महारथियों के उस घमासान युद्ध ने कुरु-पांडव पक्ष को स्तब्ध कर दिया था! युद्ध-व्यस्त सेनाएं थमी रह गई थीं- भौंचक्की! जड़! यदि जीवन था, तो केवल अर्जुन और कर्ण के बिजली की गति के परस्पर प्रहारों में। चेतना शक्ति से मन की दुविधा को बटोरता सूर्यपुत्र कर्ण! रह-रहकर बेचैन हो उठते...अपने ही शब्द मन में...'जय तो धर्म की ही होनी है। कर्ण!' और धर्म-जय कर्ण के परास्त हुए बिना कैसे होगी? और कर्ण मृत्यु-वरण किए बिना परास्त कैसे हो सकता है? और मृत्युवरण? मन रो रहा है कि कह दे, 'नहीं! कर्ण मृत्युवरण नहीं करेगा!' किंतु विद्रोही मन....चुप होकर रह गया है-शब्दहीन।

●●●

प्रश्नोत्तरी

(1) मछुआरे बालक ने नदी की लहरों में क्या बहते हुए देखा?

(अ) बालक (ब) सांड

(स) हीरे-जवाहरात से जड़ी पेटी (द) ऋषि

(2) वृष किसका नाम था?

(अ) कर्ण (ब) भीम

(स) अर्जुन (द) युधिष्ठिर

(3) कर्ण की पालक माता कौन थी?

(अ) कुन्ती (ब) राधा

(स) द्रोपदी (द) शकुन्तला

(4) अधिरथ किसके पालक पिता थे?

(अ) युधिष्ठिर (ब) अर्जुन

(स) भीम (द) कर्ण

(5) कुन्ती किस राजा की पुत्री थी?

(अ) कुन्तिभोज (ब) शूरसेन

(स) शान्तनु (द) दुष्यन्त

(6) राजा कुन्तिभोज ने किसका लालन-पालन किया?

(अ) सुनंदा (ब) राधा

(स) कुन्ती (द) द्रोपदी

(7) कुन्ती की सहेली कौन थी?

(अ) सुनंदा (ब) समीची

(स) राधा (द) द्रोपदी

(8) कर्ण की माता का क्या नाम था ?

(अ) सुनंदा (ब) समीची

(स) राधा (द) कुन्ती

उत्तर

1. (स), 2. (अ), 3. (ब), 4. (द), 5. (ब), 6. (स), 7. (ब), 8. (द)